O NAVIO NEGREIRO

E OUTROS CANTOS DE
CASTRO ALVES

O NAVIO NEGREIRO

E OUTROS CANTOS DE
CASTRO ALVES

ADAPTAÇÃO EM QUADRINHOS
LAUDO FERREIRA

© Editora do Brasil S.A., 2021
Todos os direitos reservados
Texto © Castro Alves
Roteiro e ilustrações © Laudo Ferreira

Direção-geral: Vicente Tortamano Avanso
Direção editorial: Felipe Ramos Poletti
Gerência editorial: Gilsandro Vieira Sales
Edição: Paulo Fuzinelli
Assistência editorial: Aline Sá Martins
Auxílio editorial: Marcela Muniz
Apoio editorial: Maria Carolina Rodrigues
Supervisão de arte: Andrea Melo
    Colorização das HQs: Laudo Ferreira
    Projeto gráfico e editoração eletrônica: Estúdio Caraminhoca
    Edição: Denis Antonio e Sergio Alves
    Capa: Estúdio Caraminhoca e Laudo Ferreira
Supervisão de revisão: Dora Helena Feres
Revisão: Sylmara Beletti, Gabriel Ornelas e Martin Gonçalves

Dados Internacionais de Catalogação na Publicação (CIP)
(Câmara Brasileira do Livro, SP, Brasil)

Ferreira, Laudo
    O navio negreiro e outros cantos de Castro Alves / adaptação em quadrinhos Laudo Ferreira ; [ilustrações Laudo Ferreira]. -- 1. ed. -- São Paulo: Editora do Brasil, 2021. -- (HQ Brasil)

    ISBN 978-65-5817-952-8

    1. Histórias em quadrinhos 2. Poesia brasileira I. Alves, Castro, 1847-1871. II. Título III. Série.

21-54904   CDD-741.5

Índices para catálogo sistemático:

1. Histórias em quadrinhos   741.5

    Aline Graziele Benitez - Bibliotecária - CRB-1/3129

1ª edição / 1ª impressão, 2021
Impresso na Gráfica e Editora Pifferprint Ltda.

Rua Conselheiro Nébias, 887
São Paulo, SP – CEP: 01203-001
Fone: +55 11 3226-0211
www.editoradobrasil.com.br

APRESENTAÇÃO

Antônio Frederico de Castro Alves é um dos mais importantes poetas brasileiros, determinante na poesia romântica nacional e precursor da poesia realista e crítica à sociedade. Por sua intensa participação contra a escravização dos negros, mácula maior de seu tempo, ficou conhecido como "o poeta dos escravos". No século XIX, época em que viveu breves e intensos 24 anos, Castro Alves clamava em seus poemas a necessidade de se discutir o racismo que aprofundava raízes em nosso país.

Mesmo nas poesias lírico-amorosas, o poeta se destacou por abordar o amor como uma experiência concreta e, por assim ser, dono e causador da felicidade, do prazer e também da dor e da angústia de viver – uma percepção mais realista do amor. Por tais características, antecipava-se ao período do Realismo literário brasileiro, seguindo o movimento já predominante na Europa de então.

Nas páginas a seguir, é possível perceber o tema profundo de toda a obra de Castro Alves: a liberdade. Contrapondo alguns ideais padronizados e quebrando algumas amarras, o poeta incomoda e desperta sentimentos e reflexões até então desconhecidas do próprio leitor. Na poesia de Castro Alves, o negro foi tratado como herói, integralmente humano, pela primeira vez, e não mais apenas como parte de uma causa humanitária. Foi também no clamor da obra de Castro Alves que se entoaram os primeiros cantos da Abolição e da República.

Apresentamos neste livro alguns poemas do autor que soam como cantos de liberdade, adaptados para a narrativa em quadrinhos. Primeiro, "O navio negreiro", sobre a crueldade do tráfico de africanos que, arrancados de suas terras e famílias, foram trazidos ao Brasil para o trabalho escravo, um canto de horror e drama considerado a obra-prima do poeta. Do livro *Espumas flutuantes*, de 1870, único publicado por ele em vida, seguimos com "O fantasma e a canção", sobre o fantasma de um soberano que, agora a mendigar, encontra asilo na poesia de uma canção. Também "A cruz da estrada", sobre alguém que se depara com a sepultura de um escravizado que encontrou na morte uma forma de liberdade e "Tragédia no lar", sobre uma mãe escravizada que chora a liberdade furtada de seu recém-nascido filho. Por fim, em "Vozes d'África", o poeta implora, num grito ao infinito, respostas aos céus.

Além da adaptação em quadrinhos, este livro traz dois outros poemas de Castro Alves, "Depois da leitura de um poema" e "A um coração", e um trecho do único texto teatral escrito pelo autor, "Gonzaga ou A revolução de Minas", que lhe renderam elogios de José de Alencar e Machado de Assis. Ler a obra de Castro Alves hoje é mais do que conhecer e confrontar nosso passado; é buscar nele vozes que nos possibilitam entender o presente para encontrarmos meios de melhor construirmos o futuro.

SUM

39 *Depois da leitura de um poema*

52 *A um coração*

65 trecho da peça *Gonzaga ou A revolução de Minas*

76 biografias

79 coleção HQ BRASIL

ÁRIO

- O NAVIO NEGREIRO — 9
- O FANTASMA E A CANÇÃO — 40
- A CRUZ DA ESTRADA — 49
- TRAGÉDIA NO LAR — 53
- VOZES D'ÁFRICA — 67

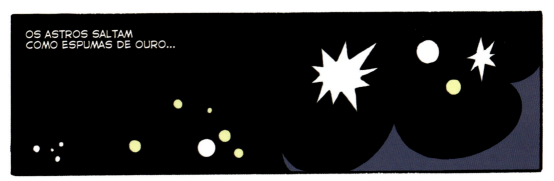

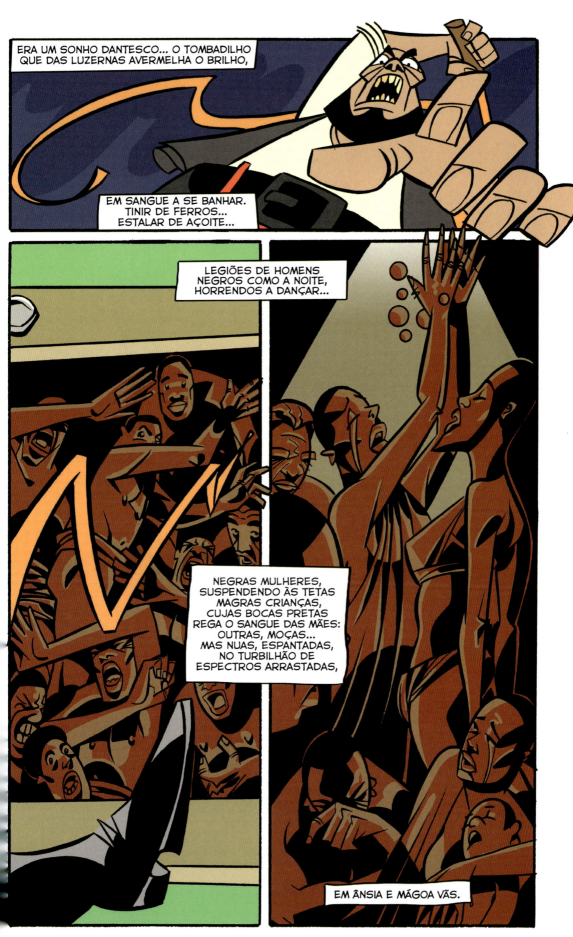

PRESA NOS ELOS DE UMA SÓ CADEIA, A MULTIDÃO FAMINTA CAMBALEIA,

E CHORA E DANÇA ALI!

UM DE RAIVA DELIRA, OUTRO ENLOQUECE... OUTRO, QUE MARTÍRIOS EMBRUTECE, CANTANDO, GEME E RI!

NO ENTANTO O CAPITÃO MANDA A MANOBRA E APÓS, FITANDO O CÉU QUE SE DESDOBRA TÃO PURO SOBRE O MAR, DIZ DO FUMO ENTRE OS DENSOS NEVOEIROS:

VIBRAI RIJO O CHICOTE, MARINHEIROS! FAZEI-OS MAIS DANÇAR!...

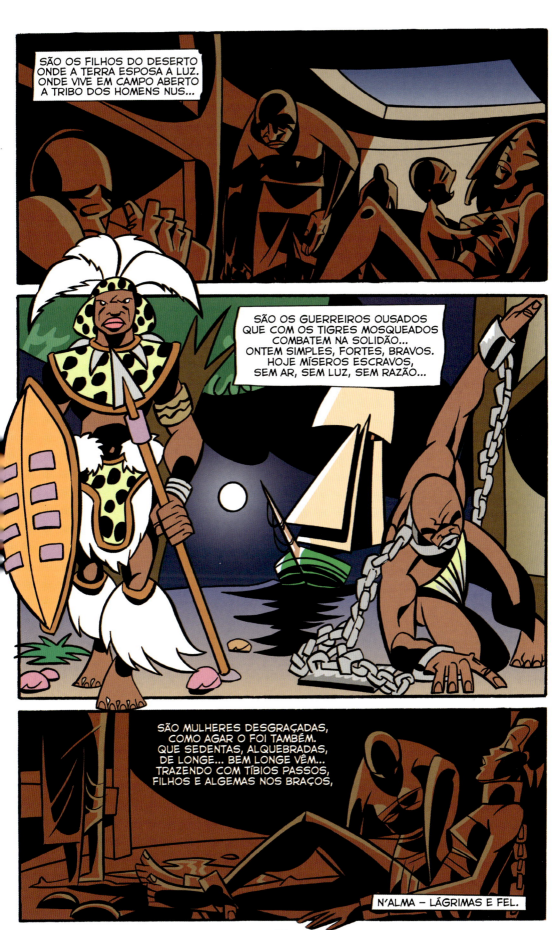

AI! QUANTO INFELIZ QUE CEDE, E CAI P'RA NÃO MAIS S'ERGUER!...

VAGA UM LUGAR NA *CADEIA*, MAS O CHACAL SOBRE A AREIA ACHA UM CORPO QUE ROER...

ONTEM A SERRA LEOA, A GUERRA, A CAÇA AO LEÃO, O SONO DORMIDO À TOA SOB AS TENDAS D'AMPLIDÃO... HOJE... O *PORÃO* NEGRO, FUNDO, INFECTO, APERTADO, IMUNDO, TENDO A *PESTE* POR JAGUAR...

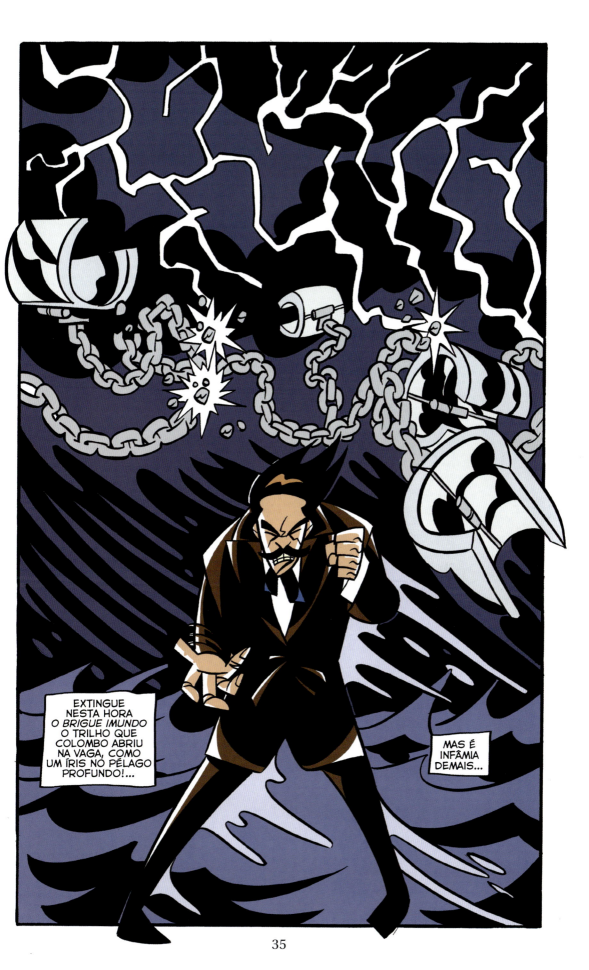

S. PAULO, 18 DE ABRIL DE 1868.

Depois da leitura de um poema
(Em sessão literária)

(IMPROMPTU)

Às vezes o pastor subindo aos Alpes
Lança aos abismos a canção tremente.
Responde embaixo – precipício enorme!
Responde em cima – o firmamento ingente!

Poeta! a voz do pegureiro errante
Em ti vibrando... se alteou!... cresceu!
Tua alma é funda – como é fundo o pego!
Teu gênio é alto – como é alto o céu!

Bahia, 2 de outubro de 1870.

Castro Alves. *Obra completa*. Organização de Eugênio Gomes.
Rio de Janeiro: Editora José Aguilar, 1960.

Orgulho! desce os olhos dos céus sobre ti mesmo, e vê como os nomes mais poderosos vão se refugiar numa canção.

Byron

O FANTASMA E A Canção

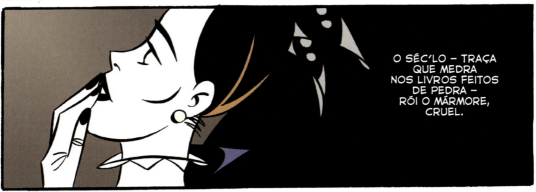

* N.E. EU OS INVEJO PORQUE ELES DESCANSAM.

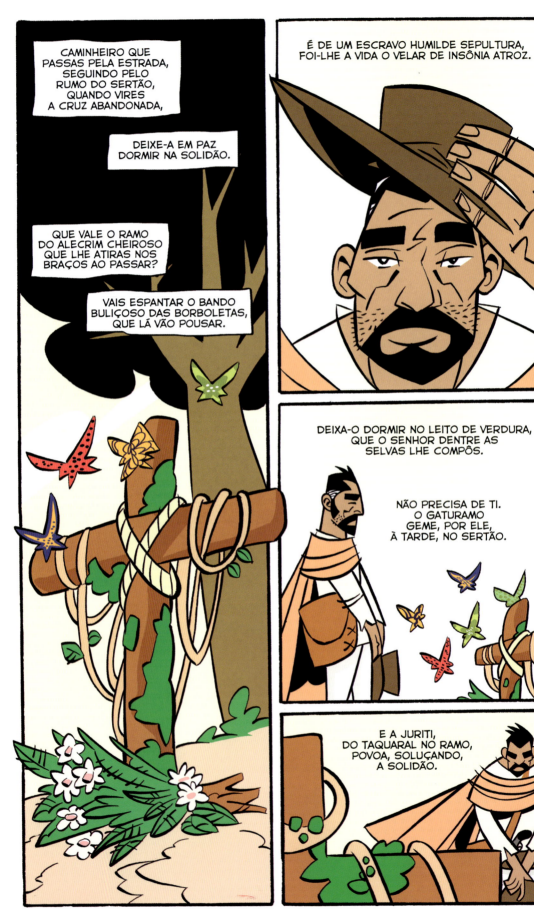

RECIFE, 22 DE JUNHO DE 1865.

A UM CORAÇÃO
"Coração de filigrana de ouro"

Ai! Pobre coração! Assim vazio
    E frio
Sem guardar a lembrança de um amor!
Nada em teu seio os dias hão deixado!...
    É fado?
Nem relíquias de um sonho encantador?

Não frio coração! É que na terra
Ninguém te abriu... Nada teu seio encerra!
O vácuo apenas queres tu conter!
Não te faltam suspiros delirantes
Nem lágrimas de afeto verdadeiro...
É que nem mesmo — o oceano inteiro —
    Poderia te encher!...

Maio de 1871

Castro Alves. *Obra completa*. Organização de Eugênio Gomes.
Rio de Janeiro: Editora José Aguilar, 1960.

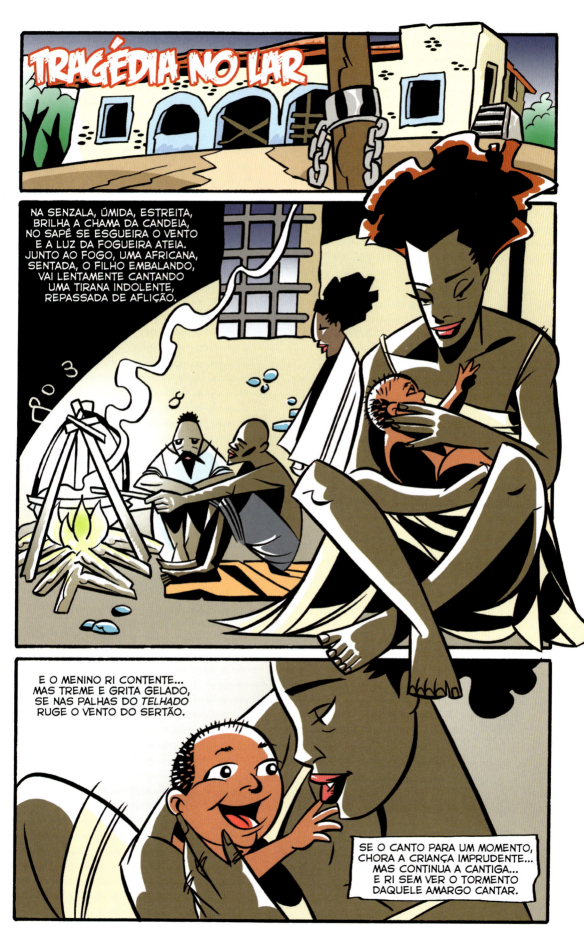

AI! TRISTE, QUE ENXUGAS RINDO OS PRANTOS QUE VÃO CAINDO DO FUNDO, MATERNO OLHAR, E NAS MÃOZINHAS BRILHANTES AGITAS COMO DIAMANTES OS PRANTOS DO SEU PENSAR...

E A VOZ COMO UM SOLUÇO LACERANTE CONTINUA A CANTAR:

"EU SOU COMO A GARÇA TRISTE QUE MORA À BEIRA DO RIO, AS ORVALHADAS DA NOITE ME FAZEM TREMER DE FRIO.

ME FAZEM TREMER DE FRIO COMO OS JUNCOS DA LAGOA; FELIZ DA ARAPONGA ERRANTE QUE É LIVRE, QUE LIVRE VOA."

"QUE É LIVRE, QUE LIVRE VOA PARA AS BANDAS DO SEU NINHO, E NAS BRAÚNAS À TARDE CANTA LONGE DO CAMINHO.

CANTA LONGE DO CAMINHO, POR ONDE O VAQUEIRO TRILHA, SE QUER DESCANSAR AS ASAS, TEM A PALMEIRA, A BAUNILHA."

"TEM A PALMEIRA, A BAUNILHA, TEM O BREJO, A LAVADEIRA, TEM AS CAMPINAS, AS FLORES, TEM A RELVA, A TREPADEIRA.

TEM A RELVA, A TREPADEIRA, TODAS TÊM OS SEUS AMORES, EU NÃO TENHO MÃE NEM FILHOS, NEM IRMÃO, NEM LAR, NEM FLORES."

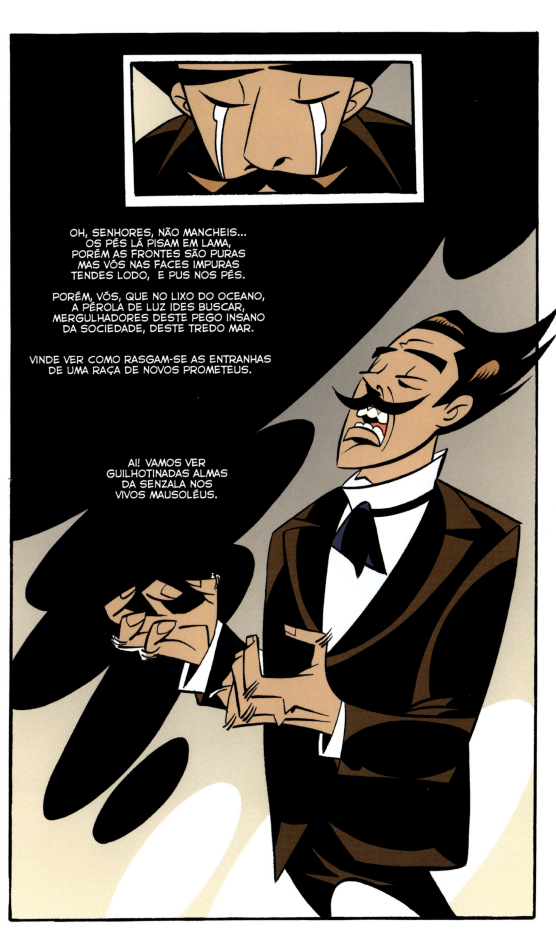

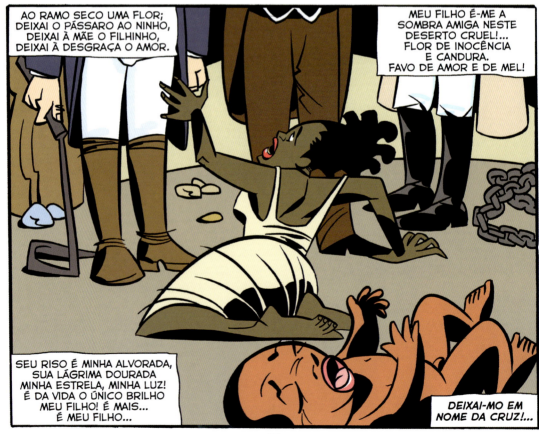

GONZAGA
ou
A REVOLUÇÃO DE MINAS

ATO IV
AGONIA E GLÓRIA

(O teatro representa uma sala da prisão na Ilha das Cobras. Quatro portas laterais com reposteiros. Ao fundo três grandes arcos fechados com reposteiros pretos, que, a seu tempo, se abrem deixando ver ao longe o mar e um barco).

CENA PRIMEIRA

GONZAGA (só) – Prisioneiro de Estado!... Eis o que eu sou!... condenado à morte!... eis o que serei... Hoje a masmorra – amanhã a cova... Dilema terrível!... – Uma boca de pedra que tem fome de um cadáver! – Uma boca de granito que tem fome de uma alma! Oh! mil vezes a cova!... Ela é fria, negra, solitária, imunda... mas o defunto é mais frio, mais negro, mais imundo... É um par igual – uma pedra e um osso. Mas a prisão!?... – Deus fez a cova – homem fez a masmorra. É uma coisa que vos esmaga, vos ouve, vos vê; sem vos apertar, sem vos escutar, sem vos olhar. É a imobilidade, é o frio, é a estupidez, é a morte abraçando, rodeando, aniquilando a atividade, o fogo e a vida... Dir-se-ia que o homem é uma mosca dourada debatendo-se na garganta de um sapo morto!!... Olha-se – é a cegueira! Canta-se – é a surdez! Grita-se – apenas algum morcego voa como uma ideia negra pela fronte da abóbada! Chora-se – e a lágrima transforma-se em lodo no chão. Então um pensamento estranho, mão fria... uma dúvida visionária, mas terrível, passa pela cabeça do homem, que diz com um riso de louco: "Quem sabe se eu já morri?!..." mas, para convencer-se, faz tremendo alguns passos – nada ouve... o chão é úmido... Espantado encosta-se à parede – ela é gelada, mas seu peito ainda é mais... "Eu estou tão frio como um defunto", murmura passando a mão pelo rosto – o que ele toca é uma caveira... "Ah!" clama o desgraçado e cai sobre a lájea mais estúpido que ela... Então escuta... escuta... escuta!... Começa a ouvir um ruído surdo em seu peito, e uma coisa que se agita lentamente em seu cérebro... – É o verme que rói aqui (leva a mão ao coração), é a larva que morde cá! (leva a mão à cabeça). Sim, desgraçado! É o desespero, que se apascenta no coração, é a loucura que mastiga o cérebro, é a alma que apodrece... Desesperar! Enlouquecer! Apodrecer! Eis meu destino! Lá fora está a vida – um punhado de homens que rasgam, rindo, minha mortalha, que preparam os círios de minha agonia, as tochas de meu saimento. E eu os escuto... quero gritar! Mas parece que a voz não sai da garganta. – Eles continuam a falar pacificamente... Cá dentro um outro diálogo ainda mais sombrio – "Eu tenho frio, diz a pedra – Eu tenho fome, diz a terra. – Esperemos, ele nos virá aquecer e saciar!" E eu, que os escuto, quero fugir; mas a imobilidade me agarra enquanto elas continuam a conversar na sombra!... Ah! Eu não tenho medo de morrer!... mas não aqui – sentindo a escuridão e o silêncio em torno de mim... e sobre minha cabeça este outro fantasma ainda mais negro – o esquecimento!... Não, eu não sou o réptil que morre no charco, nem o fogo-fátuo que se extingue no pântano... Eu quero a praça, o povo que turbilhona, a acha que cintila, o sol que resplandece... Eu quero também o meu cortejo, o cortejo da minha realeza de mártir!... Lá, sim, eu quero morrer!...

> Castro Alves. *Obra completa.* Organização de Eugênio Gomes.
> Rio de Janeiro: Editora José Aguilar, 1960.

Esta é a única peça de teatro escrita por Castro Alves. Ela foi encenada pela primeira vez na Bahia, no dia 7 de setembro de 1867, com estrondoso sucesso, e o poeta foi coroado e carregado nos ombros pelos admiradores até sua casa. O drama propagandeia os ideais patrióticos e abolicionistas do autor e foi escrito – diz-se – para a atriz portuguesa Eugênia Câmara, por quem o poeta foi apaixonado. Ela foi encarregada de representar o papel feminino mais relevante da obra – Maria Doroteia de Seixas Brandão, amante do poeta Tomás Antonio Gonzaga (que faz o monólogo selecionado aqui) e no centro de um triângulo amoroso com o governador de Minas Gerais, o Visconde de Barbacena. A peça recebeu elogios de José de Alencar e Machado de Assis e obteve consagração também em São Paulo, quando foi levada à cena em outubro de 1868.

VOZES D'ÁFRICA

DEUS! Ó DEUS! ONDE ESTÁS QUE NÃO RESPONDES?
EM QUE MUNDO, EM QU'ESTRELA TU T'ESCONDES
EMBUÇADO NOS CÉUS?

HÁ DOIS MIL ANOS TE MANDEI MEU GRITO,
QUE EMBALDE DESDE ENTÃO CORRE O INFINITO...
ONDE ESTÁS, SENHOR DEUS?...

QUAL PROMETEU TU ME AMARRASTE UM DIA
DO DESERTO NA RUBRA PENEDIA
— INFINITO: GALÉ!...
POR ABUTRE — ME DESTE O SOL CANDENTE,
E A TERRA DE SUEZ — FOI A CORRENTE
QUE ME LIGASTE AO PÉ...

O CAVALO ESTAFADO DO BEDUÍNO
SOB A VERGASTA TOMBA RESSUPINO
E MORRE NO AREAL.
MINHA GARUPA SANGRA, A DOR POREJA,
QUANDO O CHICOTE DO *SIMOUN* DARDEJA
O TEU BRAÇO ETERNAL.

VI A CIÊNCIA DESERTAR DO EGITO...
VI MEU POVO SEGUIR – JUDEU MALDITO –
TRILHO DE PERDIÇÃO.

DEPOIS VI MINHA PROLE DESGRAÇADA
PELAS GARRAS D'EUROPA – ARREBATADA –
AMESTRADO FALCÃO!...

CRISTO! EMBALDE MORRESTE SOBRE UM MONTE...
TEU SANGUE NÃO LAVOU DE MINHA FRONTE
A MANCHA ORIGINAL.

S. PAULO, 11 DE JUNHO DE 1868.

LAUDO FERREIRA

Nasci em São Vicente, litoral sul de São Paulo, em 1964. Desenhista autodidata, desde muito cedo fiz quadrinhos ou algo semelhante a uma arte sequencial de contar histórias.

Publiquei minhas primeiras HQs no início dos anos 1980, pela editora Press, e participei ativamente do movimento de quadrinhos independentes, os *fanzines*, no mesmo período. Mais adiante, em meados da década de 1990, adaptei para os quadrinhos alguns filmes do cineasta José Mojica Marins, o Zé do Caixão, como *À meia-noite levarei a sua alma* e *Esta noite encarnarei no teu cadáver*, que tornaram meu trabalho mais conhecido.

Trabalhei durante muitos anos como ilustrador para o mercado editorial e publicitário, e ainda atuo nesses segmentos. Alguns trabalhos, como a série de quadrinhos eróticos da personagem Tianinha, feito para revista *Sexy*, os álbuns *Histórias do Clube da Esquina*, *Olimpo tropical*, *Cadernos de viagem* e as adaptações de *Auto da barca do inferno* e *Yeshuah Absoluto*, tiveram grande alcance de público. Alguns deles, inclusive, me deram o prazer de receber o prêmio HQ Mix (importante premiação das histórias em quadrinhos nacionais), por meu trabalho como desenhista e roteirista.

Transpor clássicos da literatura para a linguagem das histórias em quadrinhos é um desafio, um delicioso desafio. Em primeiro lugar porque é fundamental respeitar a obra original, e em segundo porque é importante que a adaptação tenha vida própria, seja autônoma, mesmo originada de uma obra consagrada. Este é o caminho que procuro seguir em minhas adaptações: "fazer o autor original ser meu parceiro" em cada obra.

Adaptar a obra de Castro Alves, em especial, é algo maior do que transpor a linguagem; é traduzir em quadrinhos um canto de dor que tanto nos diz de uma tragédia que se abateu sobre os negros e, ainda hoje, infelizmente se abate.

O grito do poeta ainda é muito forte e presente, escancarando a todos a miséria humana, capaz de transformar seus pares em peças simplesmente pela diferença na cor da pele. A mim, é um orgulho dar vida e imagem a essa obra, para que possamos sempre lembrar de que cometemos esse crime contra nós mesmos, e encontrarmos forças para transformá-lo apenas em recordações, para que o racismo passe a existir apenas na memória e não mais entre nós.

CASTRO ALVES

O nome completo do poeta era Antônio Frederico de Castro Alves e ele nasceu na fazenda Cabaceiras, na Vila de Nossa Senhora do Rosário do Porto da Cachoeira, Bahia, no dia 14 de março de 1847 e faleceu em Salvador, capital do estado, em 6 de julho de 1871, aos 24 anos, na casa de sua família, o Solar do Sodré.

Oriundo de uma família abastada e culta — seu pai era médico e grande apreciador das artes —, característica que deixou marcas relevantes na vida do poeta, Castro Alves iniciou os estudos na Bahia em 1854 e, aos 16 anos, transferiu-se para a cidade do Recife para estudar Direito. Algum tempo depois, em 1868, mudou-se para São Paulo visando concluir seus estudos. Nesse mesmo ano, feriu-se no pé com um tiro acidental e sofreu inúmeras cirurgias, que não impediram que ele tivesse esse membro amputado. Retornando a Salvador, veio a falecer em decorrência de tuberculose, já que se encontrava bastante debilitado pelos cuidados médicos a que teve de se submeter. Em novembro de 1870, lançou seu primeiro livro, *Espumas flutuantes*, único que chegou a publicar em vida, recebido muito favoravelmente pelos leitores.

Castro Alves viveu em um período conturbado da vida política e social do Brasil. Tempo de escravidão e também dos sonhos de liberdade e igualdade retratados com veemência em toda a sua obra. Ele refletiu seu tempo histórico: a decadência da monarquia, a luta pela abolição e o fortalecimento das ideias republicanas. Vivenciou com intensidade esses grandes episódios históricos e foi o anunciador da Abolição e da República no país. Engajado apaixonadamente à causa abolicionista, era conhecido como o "Cantor dos escravos". O poeta foi ainda marcado pelas letras de Lorde Byron (que não por acaso é citado na epígrafe do poema "O fantasma e a canção", incluído nesta adaptação) e por um mestre da literatura mundial, o francês Victor Hugo. Nesse período do Romantismo, eram autores expoentes em Portugal: Almeida Garrett, Júlio Diniz, Camilo Castelo Branco e Alexandre Herculano (também citado neste volume no poema "A cruz da estrada", encontrado nesta obra).

Diz Manuel Bandeira da força da poesia de Castro Alves: "seus cantos, escritos para serem declamados em praça pública, em teatros ou grandes salas, são verdadeiros discursos de poeta-tribuno".

Apaixonado pela liberdade, pela abolição da escravatura, pela atriz portuguesa Eugenia Câmara e pelo respeito aos seres humanos, o poeta nos legou uma das obras mais vivazes da literatura brasileira. Admirado por José de Alencar, com quem manteve correspondência regular apesar de sua curta vida, e também pelo maior nome das letras brasileiras, Machado de Assis, ele deixou o brado de suas angústias a todos os bons leitores de todos os tempos.

> "Oh! Bendito o que semeia
> Livros... livros à mão cheia...
> E manda o povo pensar!
> O livro caindo n'alma
> É germe — que faz a palma,
> É chuva — que faz o mar."[1]

---

[1] MANUEL BANDEIRA. *OBRA COMPLETA: POESIA E PROSA*. 5. ED. RIO DE JANEIRO: NOVA AGUILAR, 1993, P. 734.

As histórias em quadrinhos (ou, simplesmente, HQs) são um gênero textual cada vez mais lido e respeitado no mundo todo. Mas nem sempre foi assim. Quando surgiram, no final do século XIX, infelizmente não obtiveram muito prestígio entre os estudiosos e foram relegadas a um patamar inferior no universo das artes e da tipologia textual. O sucesso de público que esse tipo de narrativa alcançou, entretanto, foi bastante significativo desde o começo.

O primeiro registro de texto em formato de HQ de que se tem notícia surgiu em 1895 em uma revista dos Estados Unidos. A tirinha *Yellow Kid*, inventada por Richard Outcault, narrava as aventuras de um garoto em quadrinhos sequenciais, com balões para acomodar o texto e a fala dos personagens. Estava criado o gênero que atravessou todo o século XX com imensa popularidade, chegou aos dias atuais com muito prestígio e trouxe enorme fama aos criadores (roteiristas e desenhistas) das mais variadas histórias – de super-heróis a autobiografias de refugiados de guerra.

Hoje em dia, as histórias em quadrinhos são sucesso em todas as partes do mundo, publicadas em jornais e revistas (no formato de tirinhas) ou compondo histórias maiores em formato de livro. O universo das HQs tem se tornado cada vez mais diversificado, amplo e cultuado.

A vocação natural desse gênero em combinar, com aparente facilidade, imagens sequenciais e texto escrito é um dos motivos da aceitação cada vez maior das HQs pelo público. Livros clássicos, histórias universais e imortalizadas pelo tempo também são tema ou inspiração para histórias em quadrinhos.

A coleção **HQ Brasil** foi criada para aproximar os leitores de dois universos aparentemente distintos: o da literatura clássica e o das histórias em quadrinhos. Com uma linguagem gráfica moderna e ágil, os livros que compõem esse selo apresentam textos consagrados, autores cultuados e histórias muito conhecidas em um formato altamente contemporâneo e dinâmico. Um convite irrecusável para conhecer um pouco da obra de grandes artistas.

Este livro foi composto com as tipologias Astro City, Comic Crazy, American Typewriter, Noteworthy, Nickname, Papyrus, Utopia, Century Gothic e Wimp-Out, e impresso em papel couchê para a Editora do Brasil em 2021.